Koko et le Méchant Chat

Sylvia FLORIANE

Copyright 2022 : Sylvia FLORIANE

Traduction par l'auteur de l'anglais
Koko and the wicked cat 2022.
Tous droits de reproduction, d'adaptation et
de traduction, intégrale ou partielle réservés
pour tous pays sans la permission écrite de
l'auteur ou de l'éditeur.

Tél. : + 33(0) 1 53 53 14 89
Édition : BoD – Books on Demand, info@bod.fr
Impression : BoD – Books on Demand, In de
Tarpen 42, Norderstedt (Allemagne)
Impression à la demande
ISBN : 978-2-3224-1967-8
Dépôt légal : mai 2022

Du même auteur

Koko the sparrow and friends 2006
Koko spreads his wings 2008
Koko et George Sand 2009
Koko and Father Christmas 2009
Koko and the Queen of England 2010
Koko le moineau 80 jours autour du monde 2011
Koko the sparrow 80 days around the world 2012
Demain si c'était vous 2012
Mister Pip's holiday in Cannes 2013
The next door neighbour 2014
Koko and Mino 2015
The encounter/La rencontre 2016
Koko discovers the Island of Jersey 2017
Koko and Tom in Zululand 2019
Koko and Baloo the naughty dog 2019
Un viager C'est le bouquet 2021
Koko and the wicked cat 2022

Paris France – Varna Bulgarie

Koko et le méchant chat

Koko le moineau

C'était une belle journée. Le ciel était bleu et le soleil brillait. Koko le petit moineau était à l'aéroport. Il s'envola pour se poser sur un énorme tas de valises. Soudain, il fut projeté au beau milieu des bagages en partance pour la Bulgarie. Koko n'avait jamais été dans ce pays si loin de Paris où il vivait.

Koko était un oiseau ordinaire. Il n'était pas moche mais il n'était pas non plus très joli. Ses plumes étaient brunes, d'un brun terne et pas du tout brillant. Bien qu'il ne fût qu'un vulgaire petit moineau, les êtres humains l'aimaient bien parce qu'il était joyeux et plein d'énergie, et la plupart du temps, il sautillait seul à la recherche de quelques miettes afin de les picorer.

Un chat attendait le ventre vide

Koko vit une belle fontaine

En Bulgarie, un chat attendait le ventre vide. Il n'avait rien mangé depuis très tôt le matin. Son nom était le chat noir parce qu'il était noir et blanc. Il avait des yeux perçants ronds et verts, et des grandes moustaches. Il était toujours de mauvaise humeur. Il détestait les oiseaux. Il vit Koko sortir de l'avion et il pensa aussitôt que c'était un beau cadeau du ciel qui lui tombait devant le nez.

Koko avec sa petite cervelle de moineau ne remarqua pas le chat qui était prêt à l'avaler tout cru. Il s'envola pour Varna, l'une des plus grandes villes de Bulgarie. Le chat courut comme une flèche en suivant Koko vers cette grande cité.

Koko vit une belle fontaine, il se posa dessus, et joyeusement, il but de l'eau fraîche pour se rafraîchir et reprendre quelques forces. Le chat noir en fit tout autant.

Koko se percha au sommet de la statue qui se trouvait là. Tout en bas, Pollux, un adorable petit chien noir et blanc qui n'avait rien contre les oiseaux, mais qui au contraire les aimait bien, chassa le chat en aboyant bruyamment.

Pollux un adorable petit chien

- Ce gros chat noir et blanc est un chat de mauvais augure qui jette des sorts aux oiseaux avant de les avaler, aboya gentiment Pollux.

- On m'a toujours dit de bien me méfier des chats, qu'ils soient noirs, blancs ou gris, répondit Koko du haut de la statue.

- Alors fais attention à lui car j'ai le sentiment qu'il te suivra partout pour te jeter un mauvais sort, lui confia Pollux.

- Merci pour ton conseil, répondit Koko.

- Mais si j'étais toi, j'irais faire une petite prière dans la cathédrale car des fois Dieu fait des miracles.

Koko au sommet de la cathédrale orthodoxe

Koko vola jusqu'au sommet de la cathédrale orthodoxe. Le chat le suivit en courant derrière lui comme un sauvage. Koko comprit que sa vie était vraiment en danger avec ce chat qui le poursuivait en le fixant avec des yeux si méchants.

Koko s'engouffra à l'intérieur de la cathédrale. Il y avait beaucoup d'icônes représentant divers personnages. Il ne savait rien de ces icônes orthodoxes. Il resta perplexe pendant quelques minutes, ne sachant pas quoi faire mais il pensa qu'il devait en choisir une pour le sauver des pattes de ce maudit chat. Mais laquelle devait-il choisir !

Les icônes étaient toutes très belles

Les icônes étaient plus belles les unes que les autres. Il vola d'un saint à un autre sans savoir lequel serait le mieux pour le sortir de ce mauvais sort.

Le chat s'était infiltré dans la cathédrale. Il attendait Koko à l'entrée aux pieds des icônes, et à la première occasion, il allait pouvoir le choper.

Le chat s'était infiltré dans la cathédrale

Soudain, une mariée vêtue d'une longue robe blanche, et belle comme une princesse apparut au bras de son époux beau comme un prince.

Koko poussa un cri de joie et vint se poser aux pieds des jeunes mariés qui le regardèrent en souriant, et en pensant que c'était un bon présage pour eux, et qu'ils allaient avoir beaucoup d'enfants beaux comme des dieux et sages comme des images.

Une jeune mariée apparut

Le chat ne quittait pas Koko des yeux. Il était prêt à lui sauter dessus pour l'avaler d'une seule bouchée. Mais Koko fit une révérence aux mariés avant de s'enfuir par la porte grande ouverte, et il était de nouveau libre comme l'air.

Pollux attendait patiemment Koko

Dehors Pollux était allongé devant la porte, il attendait patiemment que Koko sorte pour le sauver des griffes de cet horrible chat. En voyant Koko, Pollux aboya gentiment avant de le suivre à la trace et au galop.

Koko s'arrêta pour boire un petit coup

Koko ne sachant pas où aller, s'arrêta près d'une fontaine pour boire un petit coup afin de reprendre des forces. L'eau était fraîche, l'air était frais, le ciel était bleu, et son moral était au beau fixe. Il avait l'insouciance de la jeunesse et il se moquait bien des dangers qui le guettaient.

Une jolie princesse dansait devant lui

- Ne reste pas ici petit moineau, le gros chat noir arrive à pas de loup, lui dit d'une voix charmante une jolie princesse qui dansait devant lui.

- Où est-il ? Demanda Koko.

- Il arrive à pas de géant, répondit-elle.

- Mais je ne le vois pas ?

- Il faut vite partir sinon avec ses grandes dents, il va te croquer.

- Merci de me prévenir, dit-il avant de s'envoler et de se poser sur un autobus.

Koko se posa sur un autobus

L'autobus démarra soudainement, et Koko fut projeté à terre sous le nez du gros chat qui lui sauta dessus pour le dévorer. Koko hurla appelant à l'aide et Pollux apparut en aboyant violemment. Le chat se sauva pattes en avant en laissant tomber Koko dans sa fuite.

Une jeune fille dans un costume fait de papier journaux

- Petite tête de moineau, il faut bien regarder où tu poses tes pattes, lui cria une jeune fille enveloppée dans un costume fait de papier journaux.

Koko ne répondit pas, et il continua sa route sans se soucier du danger qui le guettait à chaque coin de rue. Il se percha sur un arbre verdoyant. Il chanta joyeusement, ce qui attira l'attention du chat qui était déjà arrivé et qui le fixa en se léchant les babines, et en étant bien certain de pouvoir le déguster sous peu pour son déjeuner.

Le chat était déjà arrivé

- Regarde là-bas le chat qui remue ses moustaches, ce qui veut dire qu'il va te jeter un mauvais sort, lui dit la jolie princesse qui, par un heureux hasard, passait son chemin.

- En es-tu sûre ? Demanda Koko.

- J'en suis certaine, répondit-elle.

La princesse s'en alla

À ce moment précis, la patte droite de Koko se raidit. Il paniqua et le dit à la princesse qui claqua des doigts pour faire fuir le chat. Koko s'envola pour se poser aux pieds de la princesse afin de la remercier mais avec sa patte droite bien raide.

- Je t'ai bien dit d'être prudent, soupira-t-elle.

- Que puis-je faire maintenant pour ne plus avoir ma patte raide? Demanda Koko.

- Je ne sais vraiment pas, répondit-elle.

Koko piailla tristement.

Pollux arriva avec son jouet

- Quand je suis ici tu es sauvé car il ne viendra pas t'attaquer près de moi, mais malheureusement, je dois partir, dit-elle.

- Et alors que dois-je faire ?

- Je vais envoyer un message à mon amie la fée, et j'espère qu'elle viendra à ton secours.

La princesse s'en alla, en laissant Koko seul et bien triste.

Pollux arriva avec son jouet.

- Qu'est-ce qui ne va pas ? Lui demanda Pollux.

- Ma patte est toute raide.

- Qu'as-tu fait encore ?

- C'est le chat. Il m'a jeté un sort.

Pollux ne répondit pas et continua de jouer avec son jouet.

- Tu t'en fous pas mal, grogna Koko.

La jeune fille enveloppée dans un costume fait de papier journaux apparut de nouveau.

- Petit moineau sans cervelle, je t'avais bien dit d'être prudent, dit-elle.

- Je n'ai rien fait de mal, répondit Koko.

- Donc si je comprends bien, tu étais au mauvais endroit au mauvais moment.

- Je cherche une fée, sais-tu où elle est ? Lui demanda Koko.

- Je n'ai jamais vu de fée par ici, dit-elle, avant de disparaître.

La jeune fille apparut de nouveau

Un taxi jaune passa, il roulait doucement. Koko se posa dessus, et il se sentit en lieu sûr.

Un taxi jaune passa

Koko essaya de bouger sa patte mais elle était toujours raide, il était bien embarrassé, et il ne savait pas quoi faire. Le taxi jaune s'arrêta brusquement devant l'aquarium, Koko chavira et tomba à terre. Il s'envola aussitôt pour se percher en haut de l'aquarium.

Koko se percha en haut de l'aquarium

Le chat était déjà arrivé, il attendait Koko.

La mer était toute proche, Koko respira profondément la bonne odeur provenant du large qui l'appelait au loin. Koko savait bien que les chats n'aiment pas l'eau, alors il pensa qu'il serait bon de prendre le large.

Le chat remua ses moustaches pour lancer un sort à Koko, mais au même moment, Pollux arriva en aboyant, et le chat fila avant d'avoir eu le temps de lancer un autre sort à Koko.

Koko au sommet d'un parasol

Koko s'envola pour se percher au sommet d'un parasol. La mer était belle et calme. Il se sentit bien et respira profondément. Mais aussitôt, le chat arriva. Il s'est assis silencieusement, et il attendit patiemment.

Koko vit le chat, et il ne savait plus quoi faire, alors il appela au secours.

Pollux arriva et aboya violemment pour chasser l'horrible chat.

- Merci beaucoup mon ami, Koko s'écria joyeusement.

- Tu es toujours au mauvais endroit au mauvais moment, répondit Pollux.

- Non, Je n'y peux rien, c'est le chat qui me suit partout.

Un joli carrosse conduit par deux chevaux

Un beau carrosse conduit par deux chevaux passa. Koko vola pour se poser au sommet du carrosse, il regarda la mer, et à nouveau, il se sentit en sécurité et tout heureux. La vie était belle et il ne pensa plus au chat. Il regarda du bon côté de la vie.

Koko aperçu un gros char militaire qui n'était pas trop loin. Il s'envola pour se percher dessus, et il fut fier comme Artaban.

Mais bien vite le chat le suivit.

Koko vit le chat assis par terre

Du haut de son perchoir Koko vit le chat assis par terre qui bougeait ses moustaches, il comprit aussitôt qu'il allait lui jeter un nouveau sort.

Koko se rendit compte qu'il n'était plus au bon endroit avec le chat qui l'attendait au pied du char militaire.

- Que puis-je faire pour être en sécurité ? Se demanda-t-il avant de retourner se percher sur le dos du cheval qui trottinait clopin-clopant.

Le chat le suivit, il s'est assis, et il attendit stoïquement.

Koko perché sur le dos du cheval

Peu de temps après, Koko eut faim son estomac était vide. Il s'envola vers le restaurant le plus proche pour se percher fièrement sur une table dehors et il picora quelques miettes laissées par des clients.

Mais bien vite le chat se pointa. Il fixa Koko d'un mauvais œil qui devait à nouveau s'enfuir s'il ne voulait pas avoir son autre patte toute raide. Il pouvait se débrouiller avec une patte raide mais peut-être pas avec deux pattes raides ?

Koko s'envola vers le restaurant le plus proche

Dans cette étrange grande ville, Koko ne savait plus où aller. Il piailla désespérément pour appeler Pollux qui n'était pas dans les alentours. Koko comprit qu'il devait continuer sa route car il n'avait toujours pas rencontré la fée avec sa baguette magique pour le sauver des crocs de cet horrible chat.

Où pouvait-elle bien être ?

Koko se percha sur le petit rocher

Koko retourna près de la mer. Il vit une belle piscine et il se percha sur le petit rocher au beau milieu de celle-ci. Il se sentit sain et sauf, pas de chat par ici, car c'est sûr que les chats n'aiment pas l'eau.

Il se baigna dans l'eau claire et tiède. Il en but quelques gorgées et il se sentit frais comme un gardon. Mais il ne pouvait pas y rester éternellement.

Le chat est arrivé

Que faire ensuite, c'était la question à laquelle il devait répondre ?

Mais de nouveau le chat se pointa. Il s'est assis au bord de la piscine et a regardé Koko du coin de l'œil avant de bouger ses moustaches.

Koko sentit son autre patte devenir de plus en plus raide. Il cria et hurla mais son ami ne vint pas à sa rescousse. Il regarda autour de lui, et pas très loin, il aperçut un beau jardin d'enfants.

Koko se cacha derrière un joli lapin

Il vola pour se cacher derrière un joli lapin en plastique aux couleurs vives.

Le chat s'en alla tout penaud en remuant la queue.

Koko l'a vu partir au loin. Il a volé çà et là avant de se percher sur un arbre en fleurs. Sa patte était toujours aussi raide et il avait bien du mal pour se déplacer. Il piailla pour appeler Pollux à l'aide.

Une jeune fille cueillait des fleurs. Elle était très jolie avec son manteau rose, ses chaussettes roses et des roses dans les cheveux.

Koko lui parla du maudit chat.

- Où est-il? Lui demanda-t-elle.

- Je ne le sais pas mais il va bien vite arriver car il me suit partout pour m'ensorceler.

- Ne t'inquiète pas, je vais le chasser.

- Merci beaucoup, c'est très gentil de ta part.

Le chat ronronna mielleusement

Il ne fallut pas très longtemps avant que le chat n'arrive. Il n'avait pas peur des gens. Il s'est assis près de la jeune fille en ronronnant tout doucement.

- Ce chat n'a pas l'air très dangereux, dit-elle.

- Il est gentil avec les gens comme toi mais pas avec les oiseaux comme moi, répondit Koko.

Elle parla gentiment au chat qui miaula mielleusement avant de frotter sa tête autour des jambes de la jeune fille.

Koko était furieux de voir à quel point le chat était si espiègle.

- Il a jeté un sort à ma patte, piaffa Koko.

- Vraiment ?

- Oui, ma patte est complètement raide.

- Mon pauvre petit, que puis-je faire pour toi ?

- S'il te plaît, il faut le chasser.

La jeune fille regarda le chat qui ronronnait maintenant à ses pieds. Elle hésita un peu avant de frapper dans ses mains pour le chasser. Le chat ne bougea pas. Il resta, et il était prêt à avaler ce petit moineau d'une seule bouchée.

Koko hurla pour appeler son ami.

Pollux rêvait aux succulentes pâtisseries

Pollux était dans les parages, il rêvait aux succulentes pâtisseries qu'il avait vues dans une vitrine. Il entendit Koko, et aussitôt, il aboya bruyamment pour chasser le chat.

- Oh ! Comme je suis content de te revoir, soupira Koko.

- Je rêvais aux fantastiques gâteaux que j'ai vus dans une pâtisserie, et maintenant mon estomac crie famine, car je n'ai rien à me mettre sous la dent, grogna Pollux.

Koko n'avait pas d'argent pour acheter des sucreries

- Mais tu n'as pas d'argent pour acheter des sucreries, répondit Koko.
- Je le sais ! Soupira Pollux.

- Allez viens ! Partons à la recherche de la fée qui doit me délivrer de ce mauvais sort.

Koko avait bien du mal pour voler avec sa patte raide, et il était impatient de retrouver sa pleine forme.

Une jeune maman passait par là

Une jeune maman passait par là et elle poussait un landau avec son bébé dedans.

- Avez-vous vu une fée par ici ? Lui demanda Koko.

- Je n'ai pas vu de fée, mais tu peux toujours demander au crocodile qui se trouve un peu plus loin, lui peut-être qu'il sait, répondit-elle.

- Un crocodile ! Répéta Koko.

- Oui, il est juste là-bas, dit-elle.

Koko était tout surpris d'apprendre qu'il pouvait bien y avoir des crocodiles dans ce pays. En effet, quelques mètres plus loin, il y avait bien un crocodile mais il était en bois pour effrayer les mouettes afin qu'elles ne mangent pas les poissons pêchés par les pêcheurs lorsqu'ils arrivent avec leur prise. Koko ne fut pas effrayé par le crocodile, et il se percha dessus, fier comme un paon.

Il y avait un crocodile

Koko ne savait plus où aller. Il resta bercé par le chant mélodieux de la mer toute proche.

Des mouettes qui passaient alertèrent Koko.

- Ne reste pas ici, le gros chat arrive.
- Déjà, en êtes-vous bien certaines ?
- Oui, attends un peu et tu verras !
- Oh, zut ! Dans ce pays avec ce maudit chat, je ne peux pas vivre une minute en paix !

Des mouettes passaient

Très vite, le chat apparut. Il leva les yeux vers Koko en faisant trembler ses moustaches.

- Fous le camp, sale chat, j'en ai marre de toi, le crocodile va te bouffer, Koko hurla furieux.

Le chat ne bougea pas. Il continua de remuer ses moustaches et Koko sentit son autre patte se raidir.

- Pollux ! Viens vite ! Au secours ! Cria Koko.

Le chien arriva ventre à terre en aboyant comme un sauvage. Le chat prit peur et se sauva à toute vitesse.

- Ouf ! Koko soupira.

- Tout près d'ici, il y a une petite église, vas-y et prie Dieu de t'aider, lui dit Pollux.

Koko regarda le Seigneur crucifié sur la croix

- Est-ce que c'est loin? Car maintenant, tu sais que j'ai mes deux pattes raides.

- Non, vas-y.

- Merci mon ami, je fonce.

Quand Koko arriva, Pollux l'attendait bien tranquillement.

Koko regarda le Seigneur crucifié sur la croix.

- S'il vous plaît mon Seigneur pouvez-vous m'aider, j'ai mes deux pattes raides, à cause de ce maudit chat qui me lance des sorts ? Koko l'implora.

- Désolé mon petit, mais je ne peux pas t'aider, répondit-il.

- Pourquoi pas, vous êtes le Seigneur tout puissant ?

- Ce n'est pas dans mes cordes.

Koko regarda tristement Pollux.

- Pourquoi ne vas-tu pas demander à la mariée qui est assise sur le banc, avec son téléphone portable, peut-être qu'elle peut téléphoner à la fée, lui suggéra Pollux.

C'est une bonne idée pensa Koko. Aussitôt, il s'envola pour se poser sur la pointe de la chaussure de la jeune mariée.

La mariée avait son téléphone portable

Elle le regarda très surprise.

- S'il vous plaît, pourriez-vous téléphoner à la fée pour moi? Lui demanda Koko.

- Une fée, mais je ne connais aucune fée par ici, répondit-elle gentiment.

- Le maudit gros chat noir et blanc qui se trouve là-bas, a jeté un sort sur mes deux pattes qui sont toutes raides, et maintenant j'ai beaucoup de mal pour voler, et je veux retourner chez moi au plus vite.

- Je vais essayer mon petit, dit-elle, avant de chercher sur son téléphone portable.

Koko poussa un cri de joie.

Mais malheureusement, elle ne trouva rien sur la fée. Il la remercia avant de partir tristement. Il retourna en ville pour se mêler à la foule en espérant se débarrasser de l'horrible chat.

Il rencontra de jolies femmes vêtues de leurs beaux costumes locaux. Les couleurs étaient magnifiques, et il en prit plein les yeux.

- Avez-vous vu une fée ? leur demanda-t-il.

- Non, nous n'avons vu aucune fée par ici, mais tu peux toujours aller demander au musicien là-bas, lui peut-être qu'il sait, répondirent-elles aimablement.

Des femmes vêtues de leurs costumes locaux

- Merci beaucoup, c'est très gentil à vous, j'y vais tout de suite.

Koko y est allé aussitôt. Le musicien jouait debout d'un instrument étrange qui ressemblait à un piano, et que Koko n'avait jamais vu auparavant. Le son était très agréable, et Koko l'accompagna en chantant joyeusement.

Le musicien jouait debout

Beaucoup de touristes s'arrêtèrent et ils lancèrent des pièces de monnaie dans la petite corbeille posée devant lui.

- Je suis vraiment veinard aujourd'hui, dit le musicien.

C'était un vieil homme sympathique, il était vêtu d'une casquette noire, d'une parka rouge, d'une chemise bleue et d'un pantalon bleu.

- Pourquoi ? Lui demanda Koko.

- Parce que tu es ici, et que les gens sont très généreux.

- Pensez-vous que c'est à cause de moi ?

- Bien sûr que oui, les gens aiment bien les oiseaux, et tu es un charmant petit oiseau.

- Oh, je ne suis qu'un moineau tout à fait ordinaire, dit-il en soupirant.

- Tu chantes très bien et tu attires l'attention des touristes. C'est très bon pour moi, et ma petite boîte va bientôt être pleine.

Malheureusement, le chat est arrivé et s'est assis devant le musicien. Koko ne pouvait plus rester, alors il s'est envolé pour aller plus loin.

Il vola jusqu'à un magnifique jardin et se percha au sommet d'un énorme cactus.

Koko était perché très haut sur le cactus

Aussitôt le chat se pointa et regarda Koko prêt à lui jeter un nouveau sort. Koko était perché très haut sur le cactus, le chat échoua dans sa tentative, furibond, il trépigna.

Koko cria appelant à l'aide.

- Où es-tu Pollux, viens vite, au secours ?

Pollux était quelque part, il savourait de délicieux biscuits que lui avaient donnés des passants, et il ne se souciait guère de Koko.

Koko sur le pied d'une énorme statue militaire

Koko s'envola pour atterrir sur le pied d'une énorme statue militaire.

- S'il vous plaît, savez-vous où est la fée ? Demanda-t-il au militaire.

- Ne reste pas sur mon pied.

- Aidez-moi, savez-vous où elle se trouve ?

- Ne pisse pas sur mon pied.

- Je ne pisse pas, je suis un oiseau.

- Laisse-moi tranquille.

- Regardez, ayez pitié de moi, j'ai mes deux petites pattes toutes raides.

- Ça m'est bien égal, grogna-t-il.

- Vous êtes si grand et vous semblez si fort, alors j'ai pensé que vous pourriez m'aider.

- Sais-tu qui je suis ?

- Non, je suis désolé, dit Koko tout penaud.

- Alors ta place n'est pas ici, sur mon pied. Va-t-en sale moineau.

Le personnage n'était pas très aimable et Koko devait aller voir ailleurs.

Une mouette passait

Koko alla se poser au sommet d'une maison. Une gentille mouette passait.

- Va dans le jardin là-bas, lui dit-elle.

- Pourquoi ? Demanda-t-il tout étonné.

- Tu verras une petite fille, et j'ai bien l'impression qu'elle va pouvoir t'aider.

- En es-tu bien sûre ? Car avec mes pauvres pattes, j'ai beaucoup de difficultés pour me déplacer. Koko soupira.

- Les filles savent tout sur les fées.

- Jusqu'à présent, personne n'a pu m'aider, ni un musicien, ni une énorme statue militaire, ni même le Seigneur, alors pourquoi une petite fille ?

- Il ne faut jamais abandonner.

- Je commence à en avoir marre de ce pays, et je pense qu'il est grand temps pour moi de rentrer au pays.

- Suis mon conseil, et tu vas demander à la fillette.

- D'accord, j'y vais tout de suite.

Quand il arriva dans le jardin, il vit bien la fillette mais elle jouait avec un petit chat noir et blanc.

Oh seigneur ! Pas encore un chat, se dit-il en lui-même.

C'était une ravissante peluche, mais au premier regard, Koko ne fit pas la différence. Il avait trop peur de descendre de son perchoir pour questionner la fillette.

Finalement, il prit son courage à deux ailes.

- Bonjour ! M'entends-tu ? Cria-t-il bravement.

- Oui, mais tu peux venir car j'adore les moineaux.

- Je ne peux pas, il y a un chat.

La fillette jouait avec petit chat en peluche

- Ne sois pas idiot, c'est une peluche, et il n'est pas dangereux. Tu peux me croire, il est inoffensif, dit-elle en souriant aimablement, et elle était très belle.

- Je veux juste te demander si tu sais où se trouve la fée.

- La fée, répéta-t-elle.

- Oui la fée. Elle va pouvoir m'aider avec mes pattes raides.

Koko vit le drapeau, et il vit l'énorme statue

- Oh, mon pauvre petit, va tout droit, vole pendant une demi-heure environ, et tu verras près de la mer, le drapeau bulgare, une grande statue, et la fée apparaîtra.

- C'est fantastique, merci beaucoup, la mouette avait bien raison, dit-il tout content avant de s'en aller.

Koko vit le drapeau, et il vit l'énorme statue, mais au pied il y avait un chat avec son chaton qui tous les deux dormaient bien tranquillement.

Koko vola autour de la statue, et il ne savait pas quoi faire parce qu'il avait tellement peur de se poser dessus et de réveiller le chat et son chaton.

Finalement il s'arma de courage, et se percha fièrement au sommet de la statue. Il gazouilla pour appeler la fée tout en gardant bien un œil sur le chat. Mais la fée ne venait pas, et le soleil était de plus en plus chaud, alors il sombra dans un profond sommeil.

Au bout d'un moment, il eut une drôle de sensation dans ses pattes. Il ouvrit les yeux et il vit une ravissante fée avec sa baguette magique qui lui souriait. Il était si content qu'il ne pouvait même plus ouvrir le bec.

Koko chantonna pour remercier la fée

- C'est toi le petit moineau qui a un gros problème ? Lui dit-elle.

- Oui c'est bien moi, s'il vous plaît aidez-moi ? Lui demanda-t-il.

- Je sais que ce gros chat est terrible. Il est toujours à la recherche d'oiseaux pour les attraper et les croquer. Mon amie m'a parlé de toi et je vais essayer de t'aider.

- C'était très difficile de vous trouver, j'ai cherché partout, et enfin vous voilà ! Soupira-t-il.

Elle murmura quelques mots secrets, elle frappa le sol trois fois avec sa baguette magique, et Koko sentit ses pattes redevenir normales. Il se posa à ses pieds et il chantonna pour la remercier. Elle le regarda avec ses grands yeux bleus magnifiques.

- Maintenant, sois très prudent, dit-elle.

- Oui, je vous le promets, répondit-il avant de s'envoler au loin, et enfin il était soulagé.

Un petit garçon revenait de l'école

Il se percha au sommet d'un arbre, où au pied, Pollux dormait paisiblement. Mais bien vite le chat est apparu et il s'est assis silencieusement.

Un petit garçon revenait de l'école.

- Il est grand temps de retourner chez toi, lui dit le garçonnet.

- Je pense que tu as raison, soupira Koko.

- La fée t'a bien dit d'être très prudent. Elle t'aida une fois, mais ce n'est pas sûr qu'elle va pouvoir le faire une seconde fois.

Koko vit le chat qui regardait Pollux dormir bien tranquillement, et il pensa qu'il était grand temps pour lui de partir, alors il s'en alla sans faire de bruit.

Koko au sommet d'une ancienne église

Il vola un peu avant de s'arrêter au sommet d'une ancienne église. Il essayait de retrouver son chemin qui pouvait le conduire vers l'aéroport.

Ne panique pas, se dit-il. Sois courageux.

Affronte bravement le danger.

Un avion doit bien être prêt à décoller, mais ne t'engouffre pas dans n'importe lequel, tu dois prendre celui qui part pour Paris. Voila, c'est tout.

L'avion décolla

Finalement Koko arriva à l'aéroport sans trop de difficultés, car il avait le sens de la direction. Il se percha au sommet d'un avion en partance pour Paris. Il fut très surpris de voir que tout en bas, Pollux était en train de jouer avec son jouet, et que le chat était là lui aussi regardant Pollux malicieusement du coin de l'oeil.

L'avion décolla pour Paris en emportant Koko qui laissait derrière lui, Pollux un bon ami, et aussi, le chat son pire ennemi.

Koko allait retrouver ses amis parisiens

Il était désormais libre comme l'air.

La Bulgarie c'était fini pour lui.

Il allait retrouver la France et ses amis parisiens.

Fin

Koko le petit moineau était à l'aéroport. Il se posa sur un énorme tas de valises, et il fut projeté au beau milieu des bagages en partance pour la Bulgarie.

Tout là-bas, un chat attendait le ventre vide. Il vit Koko sortir de l'avion et il pensa aussitôt que c'était un beau cadeau du ciel qui lui tombait devant le nez.

Ce chat est un chat de mauvais augure, il jette des sorts aux oiseaux avant de les avaler, dit Pollux un gentil petit chien qui allait devenir son ami.

Koko devra affronter bien des dangers avant de revoir Paris.